Os Lusíadas para crianças

Era uma vez um rei que teve um sonho

Leonoreta Leitão

Os Lusíadas para crianças

Era uma vez um rei que teve um sonho

ILUSTRAÇÕES
José Fragateiro

martins
Martins Fontes

© 2007, Leonoreta Leitão e Dinalivro; José Fragateiro e Dinalivro.
© 2008, Martins Editora Livraria Ltda., São Paulo,
para a presente edição.

PRODUÇÃO EDITORIAL
Eliane de Abreu Santoro

PREPARAÇÃO
Huendel Viana

REVISÃO
Simone Zaccarias
Dinarte Zorzanelli da Silva

CAPA E PROJETO GRÁFICO
Renata Miyabe Ueda

PRODUÇÃO GRÁFICA
Demétrio Zanin

Dados Internacionais de Catalogação na Publicação (CIP)
(Câmara Brasileira do Livro, SP, Brasil)

LEITÃO, LEONORETA
  OS LUSÍADAS PARA CRIANÇAS :
ERA UMA VEZ UM REI QUE TEVE UM SONHO / LEONORETA LEITÃO ;
ILUSTRAÇÕES JOSÉ FRAGATEIRO. -- SÃO PAULO :
MARTINS, 2008.

ISBN 978-85-61635-03-9

  1. POESIA - LITERATURA INFANTO-JUVENIL
  2. CAMÕES, LUIS DE 1524?-1580. OS LUSÍADAS
  I. FRAGATEIRO, JOSÉ. II. TÍTULO.

08-06571   CDD-028.5

Índices para catálogo sistemático:
1. Poesia : Literatura infanto-juvenil 028.5

Todos os direitos desta edição no Brasil reservados à
MARTINS EDITORA LIVRARIA LTDA.
R. Prof. Laerte Ramos de Carvalho, 163
01325-030 São Paulo SP Brasil
Tel.: (11) 3116.0000 Fax: (11) 3115.1072
info@martinseditora.com.br
www.martinseditora.com.br

Impressão e acabamento: Yangraf gráfica e editora

Alguma vez você já se lembrou, pela manhã, de um sonho que teve à noite?

No Canto iv de *Os Lusíadas*, o poeta Camões nos descreve um sonho do rei D. Manuel i.

Nele apareceram-lhe dois velhos que saíam de duas fontes, num monte agreste habitado por animais selvagens.

Dois homens saídos de duas fontes! Vejamos como Camões os mostra:

*Das pontas dos cabelos lhes saíam
Gotas, que o corpo todo vão banhando.*

Quem nasce das fontes? Já adivinhou?...

Esses dois velhos eram nem mais nem menos que dois rios.

Traziam a cabeça coroada de ramos e um deles tinha um aspecto mais cansado, como quem vinha já caminhando de mais longe.

É este rio que se dirige ao Rei, dizendo-lhe que se chama Ganges e que o outro é o Indo, ambos nascidos naquela serra.

Por que esses rios decidiram aparecer a D. Manuel I?

O poeta utilizou uma mistura de verdade e fantasia. Em sua história aparecerão deuses adorados por gregos e romanos, bem como as figuras sagradas do cristianismo.

Eram deuses em forma de homem, seres imperfeitos como os humanos. No entanto, eram capazes de fazer prodígios e nunca morriam!

No início, como é comum nos poemas épicos, Camões invoca as Tágides, ninfas do rio Tejo, para pedir inspiração.

Você já atravessou o Tejo? Encontrou alguma ninfa olhando o barco cacilheiro que o leva?

A fantasia do poeta não é um acaso. O seu espírito rico e culto assim o impulsiona para tornar mais belo o que nos quer narrar.

Antes de invocar as Tágides, Camões nos diz o que pretende cantar; são estes os primeiros versos, chamados de Proposição.

Mas é tempo de começarmos a explicar o que nos diz o poeta na Narração. Porém, não seguiremos a ordem pela qual você vai ler *Os Lusíadas* mais tarde, para que seja mais fácil, agora, compreender essa obra.

O poema *Os Lusíadas* está dividido em dez partes, chamadas cantos.

O rio Ganges, do qual falamos há pouco, no Canto IV, assim se dirige ao Rei:

Te avisamos que é tempo que já mandes
A receber de nós tributos grandes.

Com isso queria o rio Ganges dizer que D. Manuel deveria conquistar as terras da Índia banhadas por aqueles rios. Mas também avisa o Rei:

Custar-te-emos contudo dura guerra;
Mas, insistindo tu, por derradeiro,
Com não vistas vitórias, sem receio
A quantas gentes vês porás o freio.
Não disse mais o Rio ilustre e santo,
Mas ambos desparecem num momento.
Acorda Emanuel com novo espanto
E grande alteração de pensamento.

Imagine como D. Manuel I deve ter ficado perturbado ao acordar! Camões nos diz:

Chama o Rei os senhores a conselho
E propõe-lhe as figuras da visão;
As palavras lhe diz do santo velho,
Que a todos foram grande admiração.

Daí a encarregar Vasco da Gama de buscar novos climas, novos ares cortando os mares, a decisão foi rápida!

Camões, então, descreve a partida dos navegadores da Torre de Belém, em Lisboa: os soldados vestidos de variadas cores, preparados "para buscar do mundo novas partes" e também "preparando a alma para a morte, que sempre aos nautas ante os olhos anda".

Antes de partir, pedem a Deus que os guie no Santo Templo, onde hoje existe o Mosteiro dos Jerônimos. Mas os marinheiros não estavam sós. Repare:

A gente da cidade, aquele dia,
(uns por amigos, outros por parentes,
Outros por ver somente) concorria,
Saudosos na vista e descontentes.
E nós, com a virtuosa companhia
De mil religiosos diligentes,
Em procissão solene, a Deus orando,
Para os batéis viemos caminhando.

As naus não podiam chegar até a areia; por isso os homens iam em batéis para embarcar nelas já em alto-mar.

Nas fortes naus os ventos sossegados
Ondeiam os aéreos estandartes.

Isso dizia Camões. Estandarte – alegria e festa.
Segundo o relato do poeta, essa partida foi muito dolorosa. As mães, as esposas e as irmãs choravam receando:

Em tão longo caminho e duvidoso
Por perdidos as gentes nos julgavam.

Foi então que se destacou entre o público um velho de aspecto respeitável, cujas palavras os navegadores ouviram claramente no mar:

Ó glória de mandar, ó vã cobiça
Desta vaidade a quem chamamos Fama!

O seu avô também chama a sua atenção às vezes, não é verdade? As pessoas idosas têm mais experiência e gostam de aconselhar, de ter sempre razão...

Devemos ouvi-las com respeito, mas nem sempre seguir suas opiniões. Compreende agora por que esse velho se zangava? Ele pensava que a ambição de encontrar novas terras era uma vaidade e que por isso os navegadores deveriam ser castigados.

Mas, já que estavam possuídos dessa cobiça, o velho aconselhava os portugueses a combater os inimigos da fé cristã que viviam nas redondezas, antes de ir buscar outros tão longe, sofrendo perigos certos. Ora, não se tratava apenas de cobiça. A descoberta do caminho marítimo para a Índia e de novos mundos foi uma aventura científica – a mais importante da face da Terra no século XVI. E esse homem

– que ficou conhecido por Velho do Restelo – acabou amaldiçoando o primeiro a pôr um barco no mar!

A tv, meu jovem leitor, trouxe-nos em 1969 a imagem do homem ensaiando os primeiros passos na Lua. Os astronautas revelam saber, esforço e valentia, como os navegadores de D. Manuel i, apoiados por uma equipe de cientistas. Hoje, na Nasa ou no Cabo Kennedy, nos Estados Unidos; e em Baikonur, no Cazaquistão. Ontem, na Escola de Sagres, em Portugal.

Também haverá "Velhos do Restelo" a recriminar tais façanhas?

Já ouviu algum deles?

Experimente conversar com seu avô sobre isso.

Estamos no Canto v de *Os Lusíadas.* Partem as naus de Vasco da Gama. Assim Camões conta essa partida:

Já a vista, pouco e pouco se desterra
Daqueles pátrios montes, que ficavam;

Ficava o caro Tejo e a fresca serra
De Sintra, e nela os olhos se alongavam.
Ficava-nos também na amada terra
O coração, que as mágoas lá deixavam.
E já depois que toda se escondeu,
Não vimos mais, enfim, que mar e céu.
Assim fomos abrindo aqueles mares,
Que geração alguma não abriu,
As novas ilhas vendo e os novos ares
Que o generoso Henrique descobriu.

Essa foi a primeira geração de homens a se deslumbrar perante o arvoredo que deu nome à ilha da Madeira. Daí passaram às Canárias; aportaram na ilha de Santiago, em Cabo Verde; avistaram o arquipélago de Bijagós, na Guiné. E a frota continuou singrando os mares, descobrindo novas ilhas (como São Tomé), cortando outras linhas geográficas (como o Equador), olhando desconhecidas estrelas e constelações (como o Cruzeiro do Sul).

Você já cruzou a linha do Equador alguma vez? (Penso que não...) Ainda hoje há uma grande festa a bordo quando os barcos atravessam essa linha.

Nesse momento, os passageiros devem apresentar um certificado de travessia anterior. Se não o fizerem, estarão sujeitos a ser escolhidos como deus Netuno. Nem mais nem menos que o deus dos Mares, adorado na Antigüidade, que você vai conhecer em *Os Lusíadas*.

Claro que esse passageiro será fantasiado de deus. E, de acordo com a representação desse feito pelos artistas, com um tridente na mão, deverá cavalgar um golfinho. Como deus dos Mares, nessa noite de grande alegria a bordo, Netuno deve ser lançado às águas da piscina do barco... tomara que saiba nadar!

Mas voltemos aos nossos navegadores a caminho da Índia. Muitas surpresas os aguardavam. Note como o capitão da frota as descreve, dirigindo-se ao rei de Melinde:

Contar-te longamente as perigosas
Coisas do mar, que os homens não entendem,
Súbitas trovoadas temerosas,
Relâmpagos que o ar em fogo acendem,
Negros chuveiros, noites tenebrosas,
Bramidos de trovões, que o mundo fendem.

Espantados, os nossos navegadores observam fenômenos que só a Ciência pode explicar: o fogo de Santelmo e a tromba marítima, por exemplo.

Creio que você gostará de conhecer este segundo fenômeno tal como Camões o descreve.

Levantou-se no ar um leve vaporzinho, como fumaça, que se arredondou com o vento, formando um tubo que atingia o céu, tão fino que dificilmente os olhos o notavam! Parecia da mesma matéria das nuvens.

A seguir foi aumentando, engrossando, como se a água do mar entrasse nesse tubo, ora mais largo, ora mais fino, flutuando ao sabor do volume das próprias ondas.

Por fim, surgiu uma nuvem cada vez maior, pois esse tubo de água tem a base no mar e, chupando-o como uma sanguessuga, vai se enchendo a nuvem negra!

Então...

Salta no bordo alvoraçada a gente,
Com os olhos no horizonte do Oriente.

O contorno dos montes vai, pouco a pouco, tornando-se mais nítido perante os olhos dos portugueses.

Preparam-se as âncoras e recolhem-se as velas.

Depois, como diz Vasco da Gama:

Desembarcamos logo na espaçosa
Parte, por onde a gente se espalhou,
De ver coisas estranhas desejosa
Da terra que outro povo não pisou.

Já na praia, nosso capitão utiliza o astrolábio, instrumento usado para calcular a altura do Sol e a latitude do lugar onde se faz a observação, determinando, portanto, a posição do navio e a rota que se deve tomar.

Como você pode ver, a Ciência sempre andou de mãos dadas com a Aventura no desvendar de mares desconhecidos!

Eis Vasco da Gama na praia, rodeado pelos companheiros, quando avistou um estranho de pele negra, que agarraram, à força, enquanto apanhava, distraído, favos de mel.

Imagine como ficou aflito o tal nativo! Além do mais, nem ele compreendia os portugueses, nem estes a ele...

Mostraram-lhe os portugueses ouro e prata. Não revelou conhecê-los...

Depois, vendo contas de vidro transparente, alguns guizos, um barrete vermelho, seu rosto abriu-se numa expressão de alegria. Não porque tais objetos fossem de seu conhecimento, mas porque o brilho, o som e a cor chamaram sua atenção. Depois levou os portugueses até a povoação mais próxima.

Foi no dia seguinte que um dos homens da Armada, Fernão Veloso, passou por uma grande aventura.

Aposto que você gostaria de ter vivido uma aventura dessas...

Eu vou contá-la para você.

Apareceram outros habitantes do povoado e, como se mostravam amáveis, Fernão Veloso decidiu ir com eles ver os costumes da terra. Vai satisfeito, confiante e sossegado subindo um monte. De repente, seus companheiros o vêem caminhando em direção ao mar, bem mais apressado do que fora!

Correu para o batel de Nicolau Coelho, mas, antes de conseguir alcançá-lo, um negro atirou-se contra ele para impedir seu embarque!

Entretanto, surgiram outros negros. E mais outros...

Choveram setas e pedradas.

Mas os portugueses contra-atacaram tão prontamente que assim se salvou Veloso!

Depois, a Armada partiu.

Os portugueses ficam certos de que estão longe da Índia, já que aquele negro não conhecia nem o ouro, nem a prata, nem a especiaria.

Disse então um companheiro a Fernão Veloso:

Olá, Veloso amigo, aquele outeiro
É melhor de descer que de subir!

Sorriram os navegadores com essa piada dirigida à imprudência de Veloso. Mas, cinco dias depois, deixariam de sorrir...

Porém já cinco sóis eram passados
Que dali nos partíramos, cortando
Os mares nunca d'outrem navegados,
Prosperamente os ventos assoprando,

Quando uma noite, estando descuidados
Na cortadora proa vigiando,
Uma nuvem, que os ares escurece,
Sobre nossas cabeças aparece.
Tão temerosa vinha e carregada,
Que pôs nos corações um grande medo;
Bramindo, o negro mar de longe brada
Como se desse em vão nalgum rochedo.

Quem anunciaria essa nuvem? Com certeza você já adivinhou!

De repente, uma figura se apresenta aos olhos dos portugueses. Camões descreve-a deste modo: é robusto e de estatura disforme; o rosto tem um ar severo, com a barba suja, os olhos encovados e, pela sua cor, parece modelado em terra; os cabelos são crespos, a boca negra, os dentes amarelos.

Temerosa figura! Assim Adamastor surgiu aos navegadores amedrontados, falando-lhes num tom de voz que parecia sair do mar profundo. E suas palavras foram ameaçadoras, já que os portugueses ousavam desvendar pela primeira vez na história o mar até então desconhecido:

> *Sabe que quantas naus esta viagem*
> *Que tu fazes, fizeram de atrevidas,*
> *Inimiga terão esta paragem,*
> *Com ventos e tormentas desmedidas!*
> *E da primeira armada, que passagem*
> *Fizer por estas ondas insofridas,*
> *Eu farei de improviso tal castigo*
> *Que seja mor o dano que o perigo!*

Você acabou de ler as ameaças de Adamastor no Cabo das Tormentas.

Mas Adamastor não existiu... – você deve estar pensando.

Mais uma fantasia do poeta, que encerra, no entanto, verdades históricas que você conhece bem.

Não se atemorizou Vasco da Gama (era lá homem para isso?), dirigindo-se ao gigante:

Lhe disse eu: – Quem és tu? Que esse estupendo
Corpo, certo me tem maravilhado!

E o gigante respondeu:

– Eu sou aquele oculto e grande Cabo
A quem chamais vós outros Tormentório,
[...]
Aqui toda a africana costa acabo
Neste meu nunca visto Promontório.

O Cabo das Tormentas existia. A costa ocidental da África aí termina.

Não teria o Cabo a figura do gigante horrendo que descreve Camões, mas o temor tanto perturbava o espírito dos navegadores que na sua imaginação tomavam-na como verdadeira.

O gigante vencia todo mundo, como por exemplo o deus Vulcano, que provocava as trovoadas.

Porém... era infeliz no amor. Tinha-se apaixonado por Tétis, princesa das águas, desprezando assim todas as deusas do céu.

Mas como era possível ao gigante agradar a princesa?

Entretanto outros gigantes, seus irmãos, atreveram-se a lutar contra Júpiter, rei dos deuses. Que grande atrevimento!

Os gigantes foram vencidos e Adamastor também não pôde fugir ao castigo.

Repare como o poeta descreve a mudança que sofreu – de gigante, feito de carne humana, transformando em Promontório:

Converte-se-me a carne em terra dura;
Em penedos os ossos se fizeram;
Estes membros, que vês, e esta figura

Por estas longas águas se estenderam.
Enfim, minha grandíssima estatura
Neste remoto Cabo converteram
Os deuses; e, por mais dobradas mágoas,
Me anda Tétis cercando destas águas.

Deixemos Adamastor e continuemos nossa viagem com Vasco da Gama.

Navegaram um pouco e pela segunda vez ancoraram.

Nessa terra encontraram negros que os receberam com bailes e manifestações de alegria.

As mulheres negras andavam montadas em bois vagarosos, entoando cantigas pastoris compassadas ao som de flautas.

Parece que dessa vez os portugueses encontraram nativos de bom trato, que nada se pareciam com aqueles de quem fugiu Fernão Veloso.

Pois Vasco da Gama nos diz:

Estes, como na vista prazenteiros
Fossem, humanamente nos trataram,
Trazendo-nos galinhas e carneiros
A troco doutras peças que levaram.
Mas como nunca, enfim, meus companheiros
Palavra sua alguma lhe alcançaram
Que desse algum sinal do que buscamos,
As velas dando, as âncoras levamos.

Eram amáveis os habitantes daquela terra, mas nada puderam informar aos portugueses.

Dali seguiram viagem, com dias tristes e dias felizes, conduzidos pela coragem e pela esperança, a serviço da Pátria e de seu sonho.

Muitas vezes as possantes correntes do mar procuraram esmorecer essa coragem e essa esperança. Em vão!

Os portugueses prosseguiram até chegar a um rio largo (talvez fosse o Limpopo), onde retomaram o ânimo. Mas também aí nenhum sinal obtiveram da Índia.

Em seguida, outros rios encontraram: o rio dos Reis e um que chamaram rio dos Bons Sinais. Você já imagina o porquê, certamente.

Aí, os habitantes, falando a língua árabe – que um intérprete, Fernão Martins, compreendia –, disseram que aqueles mares eram navegados por naus que se igualavam às dos portugueses em grandeza. E, além disso, informaram também que a Índia era habitada por gente assim como eles: "da cor do dia".

Na praia, junto do rio dos Bons Sinais, os portugueses ergueram um monumento para registrar sua parada.

Hoje, um paquete faz o percurso de Lisboa ao Cabo das Tormentas talvez nuns quinze dias!

Naquele século xv, quantos meses passavam os navegadores sobre as ondas do mar?

Assim como os homens cansados precisavam de mantimentos e de recompor seu organismo, também os barcos, sujos, necessitavam de certos cuidados.

Observe como Vasco da Gama descreve o que fizeram aos barcos:

Aqui de limos, cascas e de ostrinhos,
Nojosa criação das águas fundas,
Alimpamos as naus, que dos caminhos
Longos do mar vêm sórdidas e imundas.

Terra de gente humana e boa! Notícias da Índia! Mas nem tudo corre bem sempre.

Logo uma doença cruel e feia – o escorbuto – atacou muitos homens e "em terra estranha e alheia os ossos para sempre sepultaram".

Os demais navegadores deixaram seus companheiros para trás, navegando costa acima, até Moçambique.

Antes de contar o que aí se passou, quero lhe falar de uma reunião que fizeram aqueles deuses venerados por gregos e romanos.

Quando eles tomaram conhecimento do ato audacioso dos portugueses, despertou-se neles a inveja. Inquietos sobre o futuro do Oriente, encontraram-se num monte chamado Olimpo.

Muitos deuses se juntaram: vieram do pólo Norte, do pólo Sul, do Oriente e do Ocidente. Viviam na Grécia, mas andavam pelo Mundo.

Júpiter, o mais poderoso de todos, presidia a reunião, sentado num trono de estrelas! E mais abaixo sentavam-se em cadeiras brilhantes, adornadas de pérolas e ouro, os outros deuses convocados.

Então, falou Júpiter sobre os portugueses, que venceram mouros, castelhanos e romanos.

O deus mostrou-se amigo, direi mesmo admirador, dos portugueses, como você pode ver pelas últimas palavras que proferiu:

Já parece bem feito que lhe seja
Mostrada a nova terra que deseja.

E, porque, como vistes, têm passados,
Na viagem tão ásperos perigos,
Tantos climas e céus exprimentados,
Tanto furor de ventos inimigos,
Que sejam, determino, agasalhados
Nesta costa africana como amigos,
E, tendo guarnecida a lassa frota,
Tornarão a seguir sua longa rota.

Mas os deuses da Antigüidade tinham forma e alma humanas. Eram capazes de revelar as qualidades e os defeitos dos homens.

Por isso um deus se insurgiu contra as decisões de Júpiter. Foi Baco, o deus da alegria e do vinho.

Por quê? A inveja assim o moveu:

O padre Baco ali não consentia
No que Júpiter disse, conhecendo
Que esquecerão seus feitos no Oriente,
Se lá passar a lusitana gente.

Você vai ficar admirado em saber que Baco era adorado no Oriente. Pois bem, os deuses tinham poderes para descer à Terra, se quisessem.

Baco temia perder a glória de seus feitos, porque fundara na Índia uma cidade, Nisa, região que ele havia civilizado.

Não fique tão preocupado, jovem leitor, com a oposição de Baco aos portugueses, já que:

Sustentava contra ele Vênus bela,
Afeiçoada à gente lusitana.

Os portugueses eram muito sortudos! Tinham a seu favor a mais linda deusa do Olimpo. Você ainda verá tudo o que ela vai fazer em defesa dos navegadores.

Pois bem, a beleza de Vênus e a coragem dos portugueses agradavam ao deus Marte, que também decidiu defendê-los. Com esse fim partiu Mercúrio, que ultrapassava em ligeireza a velocidade do vento e o lançamento de uma seta.

Rapidamente, irá mostrar aos nossos navegadores a terra onde obterão informações sobre a Índia.

Vamos agora retomar o curso da viagem. Os deuses discutiam no Olimpo… mas nada disso imaginavam os portugueses:

Tão brandamente os ventos os levavam
Como quem o Céu tinha por amigo;
Sereno o ar e os tempos se mostravam,
Sem nuvens, sem receio de perigo.

Avistaram então novas ilhas, mas o capitão determinou seguir adiante porque a terra lhe pareceu desabitada.

Enganava-se. Logo surgiram pequenos batéis vindos daquela ilha que parecia mais próxima da terra.

Os portugueses observaram que as embarcações eram velozes, estreitas e compridas, e que navegavam ao som de trombetas.

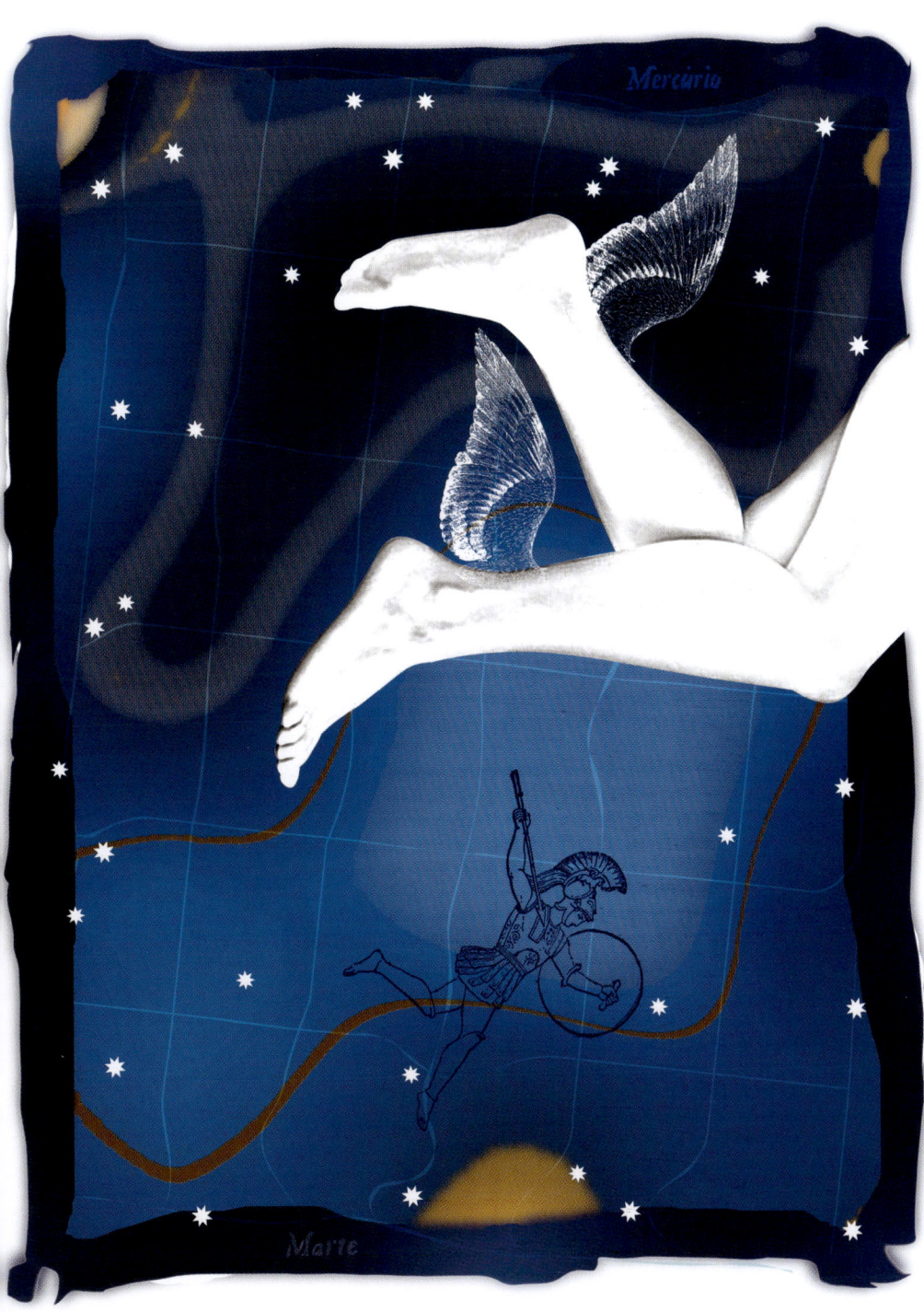

Ao se aproximar, os portugueses passaram a admirar o modo de vestir do povo de lá – com panos de algodão de várias cores ou listrados, enrolados à cintura, o tronco nu.

As suas armas eram punhais e espadas.

Não compreendiam, através da língua, os habitantes da ilha de Moçambique, mas:

Com os panos e com os braços acenavam
Às gentes lusitanas, que esperassem;
Mas já as proas ligeiras se inclinavam,
Para que junto às ilhas amainassem.

O capitão recebeu-os com cortesia, e os negros mostraram sua ansiedade:

Comendo alegremente, perguntavam,
Pela arábica língua, donde vinham,
Quem eram, de que terra, que buscavam,
Ou que partes do mar corrido tinham?

Os fortes Lusitanos lhe tornavam
As discretas respostas que convinham:
– Os Portugueses somos do Ocidente,
Imos buscando as terras do Oriente.

Ali se animaram os portugueses com a promessa de um navegador que os guiaria sabiamente pelos mares.

Isto dizendo, o Mouro se tornou
A seus batéis com toda a companhia;
Do Capitão e gente se apartou
Com mostras de devida cortesia.

Os claros reflexos lunares brilhavam sobre as ondas prateadas, e as estrelas no céu assemelhavam-se a um campo salpicado de flores silvestres.

Mas a Aurora, deusa que presidia o nascer do dia, surgiu espalhando os formosos cabelos no céu sereno e abrindo as portas ao claro Sol, que acordou.

Foi então que:

Começa a embandeirar-se toda a armada
E de toldos alegres se adornou,
Por receber com festas e alegria,
O Regedor das ilhas que partia.

Vasco da Gama recebera o chefe daquela ilha, a quem as dádivas do nosso capitão satisfizeram.

Mas o mouro lhe diz que deseja ver mais. Deseja precisamente ver os livros da sua lei, preceito ou fé, para ver se estão de acordo com a sua, ou se são de Cristo, como pensa.

Também pediu ao capitão que lhe mostrasse as armas com que lutavam.

Haveria motivos de preocupação por satisfazer o desejo do mouro? O que você acha?

Sincero e leal, nosso capitão lhe diz qual a lei dos portugueses, que obedece àquele que criou todo o Hemisfério. E acrescenta que não trazia os livros que o mouro pede, porque bem pode escusar de "trazer escrito em papel o que na alma andar devia".

Repare nessa forma tão pura de exprimir a fé cristã.

Finalmente, apresenta-lhe as armas variadas que traziam, mas não consente que os marinheiros demonstrem seu uso porque delicadamente entende, em seu ânimo valente e generoso, que não se deve mostrar quanto se pode entre gentes tão poucas e medrosas.

É fraqueza ser leão entre ovelhas. Pense um pouco nessa afirmação de Vasco da Gama.

E Baco?! Será que ele andava satisfeito?

Vejamos o que ele diz:

Não será assim, porque, antes que chegado
Seja este Capitão, astutamente
Lhe será tanto engano fabricado
Que nunca veja as partes do Oriente.

Aí vem ele, com seus poderes de deus, descendo do céu e transformado em mouro, provocar nos habitantes da ilha de Moçambique o ódio à raça lusitana.

Assim retrata os portugueses:

Que quase todo o mar têm destruído
Com roubos, com incêndios violentos;
E trazem já de longe engano urdido
Contra nós; e que todos seus intentos
São para nos matarem e roubarem,
E mulheres e filhos cativarem.

Retrato feito por um deus invejoso e astuto! Tão astuto que mandou dar aos portugueses um navegador falso. Este iria levá-los aonde fossem destruídos, desbaratados, mortos ou perdidos.

Vasco da Gama desembarcou, foi atacado e mais uma vez a força de suas armas venceu.

Mas, em sua boa-fé, partiu aceitando o navegador, que lhe disse existir perto uma ilha habitada por um povo cristão.

Não sofra, leitor amigo, com a idéia de novas emboscadas e mais inimigos astuciosos. Essas histórias antigas também nos lembram aqueles filmes que passam na TV, em que há um inimigo onde menos se espera; mas os bons e corajosos sempre saem vencedores!

Você ainda se lembra daquela bela deusa que era a favor dos portugueses?

A nossa amiga Vênus (do quê ela foi se lembrar?!) contratou os ventos contrários, que afastaram os portugueses da terra traiçoeira – Quíloa.

Só que o navegador de Baco não desistiu, querendo convencê-los a aportar em outra ilha – Mombaça.

Eis vêm batéis da terra com recado
Do Rei, que já sabia a gente que era,
Que Baco muito de antes o avisara,
Na forma doutro mouro, que tomara.

Mombaça

Por essa razão lastima-se Camões:

Ó grandes e gravíssimos perigos,
Ó caminho da vida nunca certo,
Que onde a gente põe sua esperança
Tenha a vida tão pouca segurança!

Aquele malvado Baco andava sempre disfarçado! E Vasco da Gama confiou mais uma vez... Quem não deve não teme – como se costuma dizer.

Os portugueses eram leais com os seus adversários. Assim, confiavam facilmente.

O rei de Mombaça convidou o capitão português a entrar no porto. Mas Vasco da Gama, cauteloso, mandou desembarcar dois homens, escolhidos entre os mais preparados e astutos.

O que eles vêem em terra? Nem mais nem menos que nosso Baco, com rosto humano e hábito fingido, perante um altar onde tudo era cristão! Percebeu o engano?

Não desistira de enganar os portugueses...

E sendo o Português certificado
De não haver receio de perigo
E que gente de Cristo em terra havia,
Dentro no salso rio entrar queria.
[...]
Com isto o nobre Gama recebia
Alegremente os Mouros que subiam,
Que levemente um ânimo se fia
De mostras que tão certas pareciam.
A nau da gente pérfida se enchia,
Deixando a bordo os barcos que traziam.
Alegres vinham todos, porque crêem
Que a presa desejada certa têm.

Vênus, atenta, logo vai acudir seus protegidos:

Vendo a cilada grande e tão secreta,
Voa do Céu ao Mar, como uma seta.

Você já a viu socorrer os portugueses com a ajuda dos ventos, que os afastaram de Quíloa.

Agora, gostaria que o auxílio dela lhe servisse de tema para um desenho.

Esboce-o primeiro: Vênus junta as Nereidas, que moravam nos mares. As ondas abrem caminho às jovens apressadas que se dirigem para a frota, com sua deusa à frente, aos ombros de outra divindade do mar – um Tritão. Você poderá representá-lo sob a forma de um homem com cauda de peixe.

Foram as deusas que, empurrando a proa das naus, forçaram-nas a desviar-se! Você fez o desenho? Agora comece a pintá-lo como quiser.

Mas os homens não viam os deuses, ignoravam o que se passava… Por isso Camões assim retrata a cena:

Torna pera detrás a nau, forçada,
Apesar dos que leva, que, gritando,
Mareiam velas; ferve a gente, irada,

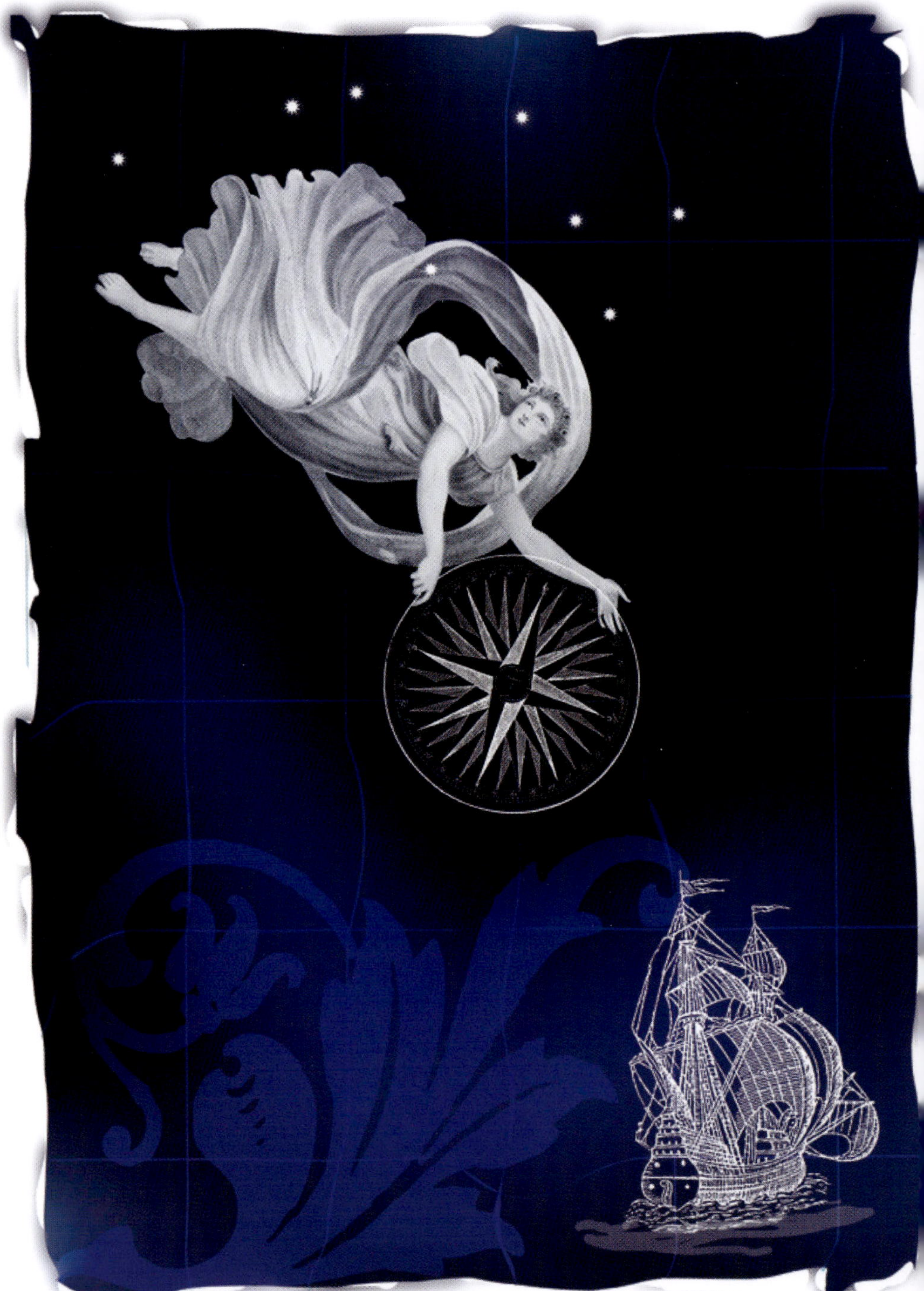

O leme a um bordo e a outro atravessando.
O mestre astuto em vão da popa brada,
Vendo como diante ameaçando
Os estava um marítimo penedo,
Que de quebrar-lhe a nau lhe mete medo.

Aflitos se sentem o falso piloto e os companheiros que voltam a seus batéis! Livres ficam os portugueses de tais inimigos!

Você viu como Camões embeleza o poema com a fantasia do aparecimento dos deuses.

Logo a seguir, Vasco da Gama, desconhecendo os desígnios dos deuses pagãos, invoca o seu Deus, que o livrou da falsa gente, mostrando em sua súplica como o considera verdadeiro e todo-poderoso:

Quem poderá do mal aparelhado
Livrar-se sem perigo, sabiamente,
Se lá de cima a Guarda Soberana
Não acudir à fraca força humana?

[...]
Nalgum porto seguro de verdade,
Conduzir-nos, já agora, determina,
Ou nos amostra a terra que buscamos,
Pois só por teu serviço navegamos.

A formosa Vênus não descansa. Atravessa as estrelas luminosas até junto de seu pai, Júpiter, a ele se queixando da falta de proteção aos portugueses. Para o comover, banha seu rosto com lágrimas, de tal modo que parecia uma rosa orvalhada pela manhã.

Júpiter a tranqüiliza:

— Formosa filha minha, não temais
Perigo algum dos vossos Lusitanos
Nem que ninguém comigo possa mais
Que esses chorosos olhos soberanos;
Que eu vos prometo, filha, que vejais
Esqueceram-se gregos e romanos,

*Pelos ilustres feitos que esta gente
Há de fazer nas partes do Oriente.*

Você já sabe que havia um deus mensageiro com asas nos pés para andar mais depressa – era Mercúrio. Aí vai ele, acompanhado da Fama, divindade que anunciava as novidades.

Claro que os deuses não apareciam em carne e osso aos homens. Mas tinham poderes para inventar um processo de entrar em contato com eles.

Nesse caso, foi em sonho que Mercúrio indicou a Vasco da Gama um caminho ao longo da costa para conduzi-lo a um rei amigo que vai lhe dar um guia seguro até a Índia.

As palavras da visão de Mercúrio vão se cumprir: os portugueses acharão gente mais verdadeira e humana do que as anteriores. Trata-se dos habitantes de Melinde, último local em que os portugueses aportam na costa oriental da África, antes de chegar à Índia.

Repetem-se cenas que já aconteceram, resultantes do encontro de povos que nunca se viram antes – os da terra querem saber quem são os que vêem. Estes satisfazem o pedido, enviando um embaixador.

O capitão permaneceu na nau, não por desconfiança, mas porque seu rei havia determinado que não abandonasse a frota em nenhum porto ou praia.

Proponho agora que você faça outro belo desenho. Prepare-se. Será mais rico em cores e com personagens diferentes. Será sobre a visita do rei de Melinde à Armada portuguesa.

A praia estava cheia de pessoas vestidas de cabaias de seda de cor púrpura, tendo nas mãos ramos de palmeira.

Para desenhar o barco em que vai o rei de Melinde, você terá de fazer um batel grande e largo com um toldo de seda de diversas cores. O rei vem acompanhado, trazendo na cabeça um turbante tecido com ouro, seda e algodão. Veste também uma

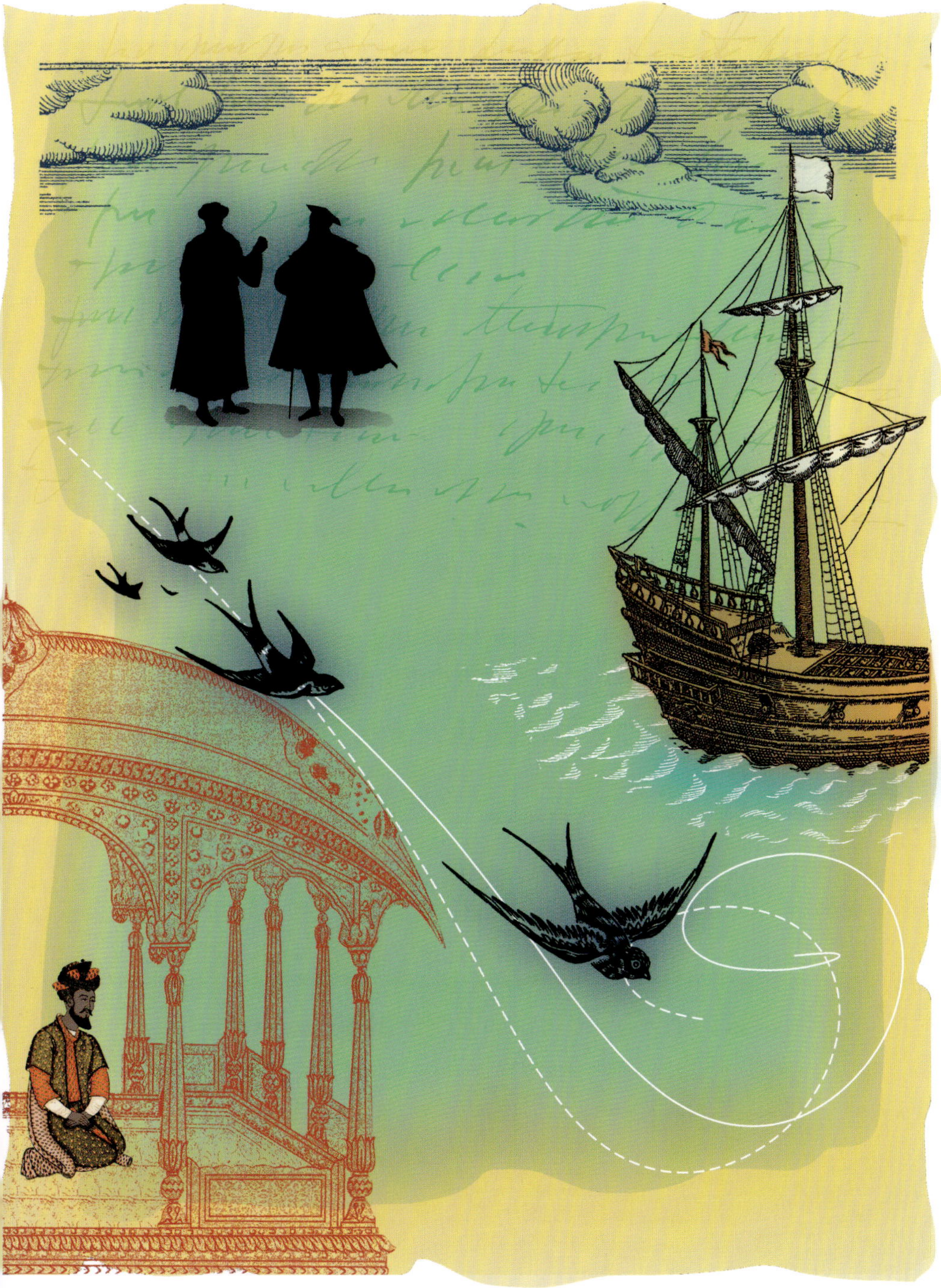

cabaia, que é uma túnica larga, de grandes mangas, aberta dos lados.

No pescoço traz um colar de ouro fino, e na cinta uma adaga lavrada. Calça umas sandálias de veludo bordadas de ouro e pérolas.

Ainda falta um detalhe para o seu desenho: um ministro segura um alto guarda-sol de seda, com o cabo dourado, para proteger o rei.

Quanto a Vasco da Gama, vem vestido de cetim vermelho. O ouro brilha no seu traje, nos botões das mangas, no gibão sobre as calças, abotoados com pontas do mesmo metal. Traz uma espada igualmente de ouro.

Na cabeça usa um gorro com uma pluma.

Nesse quadro, de cores tão alegres, não podia faltar a nota festiva da música – as sonoras trombetas e as bombardas troantes.

O rei de Melinde e Vasco da Gama trocaram palavras amigas, e este, a pedido do primeiro, começou a narrar a história de Portugal:

Não me mandas contar estranha história,
Mas mandas-me louvar dos meus a glória.

Começou Vasco da Gama por descrever a Europa, onde se localiza Portugal:

Eis aqui, quase cume da cabeça
De Europa toda, o Reino lusitano,
Onde a terra se acaba e o mar começa.

Depois descreveu os feitos e as personagens históricas de Portugal, desde Viriato até D. Manuel I.

(Talvez você já conheça a história, portanto não vou repeti-la. Quando você for mais velho, apreciará de outro modo a obra de Camões e o seu gosto crítico elegerá a beleza dos melhores versos.)

Então, o capitão português sentiu-se tranqüilo em Melinde. E não deixou de dizer isso ao Rei, nestes termos:

Aqui repouso, aqui doce conforto,
Nova quietação de pensamento,
Nos deste. E vês aqui, se atento ouviste,
Te contei tudo quanto me pediste.

Depois de contada a história de Portugal, Vasco da Gama decidiu partir para as terras da Aurora, ou seja, onde nasce o Sol: o Oriente.

Entretanto, você acha que Baco sossegou? Nem pensar! Outras ciladas pregará aos portugueses!

Como para as executar precisa de auxílio, Baco desce ao palácio de Netuno, deus dos Mares, palácio com portas de ouro e pérolas, onde havia esculturas que representavam o Caos (massa de onde teria nascido o Mundo) e os quatro elementos (Fogo, Ar, Terra, Água).

A riqueza decorativa do palácio de Netuno apresentava também a guerra que os deuses tiveram com os gigantes, de que já falamos a propósito de Adamastor.

Mas Baco não se detêve a olhar tais belezas.

Já vimos que Júpiter tinha um mensageiro – Mercúrio, o das asinhas nos pés. Netuno também precisa de um mensageiro – é seu filho Tritão. Camões descreve-o com cabelos emaranhados até os ombros, feitos de limos cheios de água. Como vivia no fundo do mar, nas pontas dos limos havia mexilhões e sobre a cabeça, como um gorro, usava uma grande casca de lagosta.

O próprio corpo estava também coberto de pequenos animais do mar: camarões, caranguejos e caramujos.

O que você acha de usar esse modelo como fantasia para o próximo carnaval?

Como Tritão era mensageiro, usava uma grande concha retorcida, cujo som servia para convocar os deuses.

Você já os viu reunidos no Olimpo. Agora o encontro é no fundo do Mar, sentados em cadeiras de cristal.

Aonde pode chegar a imaginação dos poetas?!

Como não podia deixar de ser, Baco fez um discurso contra Portugal, cujo povo injuriava os deuses do Mar, atravessando seus domínios.

E a decisão do concílio foi esta:

Ao grande Éolo, mandam já recado,
Da parte de Netuno, que sem conto
Solte as fúrias dos ventos repugnantes,
Que não haja no mar mais navegantes!

Os ventos estavam fechados numa prisão. Só Éolo, o seu rei, podia soltá-los.

Deve ser muito chato fazer uma viagem tão grande como essa dos portugueses até a Índia. Foram meses e meses vendo apenas céu e mar!

Entre Melinde, no atual Quênia, e Calecute, na costa de Malabar, na Índia, os navegadores contavam histórias para se distraírem.

Fernão Veloso recordou um episódio, da época

de D. João I, sobre certo grupo de doze jovens portugueses – corajosos e gentis – que foram à Inglaterra defender doze damas contra doze ingleses que as tinham ofendido.

Partem os portugueses de barco, mas um pede que o deixem ir sozinho por terra, porque deseja ver outras regiões.

Mas sua ânsia de conhecer novas terras vai forçar os companheiros a um ato de maior coragem.

Onze portugueses contra doze ingleses encontram-se no campo!

O Magricela, assim lhe chamavam, não chega! Por onde andará, extasiado, seu olhar?

A dama que ele defenderia veste-se de luto. Mas, antes de começar o combate, Magricela aparece! Então logo ela muda de traje, trocando o triste preto pelo brilho do ouro, tão reluzente como o olhar ansioso de todas as damas que acompanham a luta.

Os portugueses saem vencedores – resultado que era esperado!

Com festas no Paço do Duque de Lencastre se comemorou tal vitória. Até que os jovens portugueses regressaram à Pátria.

Certamente Veloso contava melhor essa história do que aquela aventura que viveu! Pois os companheiros iam muito distraídos quando o apito tocou, e o mestre, que andava observando os ares, alertou-os para o vento que aumentava e uma nuvem negra que aparecia!

Imediatamente os marinheiros começam a executar as manobras necessárias quando se prevê uma tempestade. Essas providências precisam ser rápidas para se evitarem maiores desastres.

Não se amaina ainda a grande vela...

Não esperam os ventos indignados
Que amainassem, mas, juntos dando nela,
Em pedaços a fazem com um ruído
Que o Mundo pareceu ser destruído!

Outra manobra é tirar com uma bomba a água que entra, para não deixar o barco inundar.

Alguma vez você já viu um barco subir com as altas ondas e depois descer como se não fosse capaz de subir de novo?

Repare como Camões descreve as naus nessas circunstâncias:

Agora sobre as nuvens os subiam
As ondas de Netuno furibundo;
Agora a ver parece que desciam
As íntimas entranhas do Profundo.

Ondas altas! Ventos indomáveis! E, como se isso não bastasse, a noite negra ilumina-se com raios ardentes riscando o firmamento!

Tudo parecia perdido tão perto da Índia!

Então Vasco da Gama convocou a Divina Providência, e tanta fé, tanta força, tanta crença pôs na sua prece, que foi ouvido.

Eu já expliquei a você que há em *Os Lusíadas* uma mistura dos deuses da Antigüidade Clássica e do Deus dos cristãos. Eles atuavam paralelamente, mas sem se conhecerem.

Agora Mercúrio aparece em sonho a Vasco da Gama e este o considera um mensageiro de Deus. E ele é, sim, mensageiro, mas de Júpiter.

Nesse momento da viagem, Deus ouve os portugueses. No entanto, Camões embeleza o seu poema com o aparecimento de Vênus, conseguindo abrandar os ventos:

Mostrando-lhes as amadas Ninfas belas,
Que mais formosas vinham que as estrelas.

Vênus havia ordenado que elas pusessem grinaldas de flores sobre os louros cabelos. Diante de meninas tão bonitas, como é que os ventos não se comoveriam?

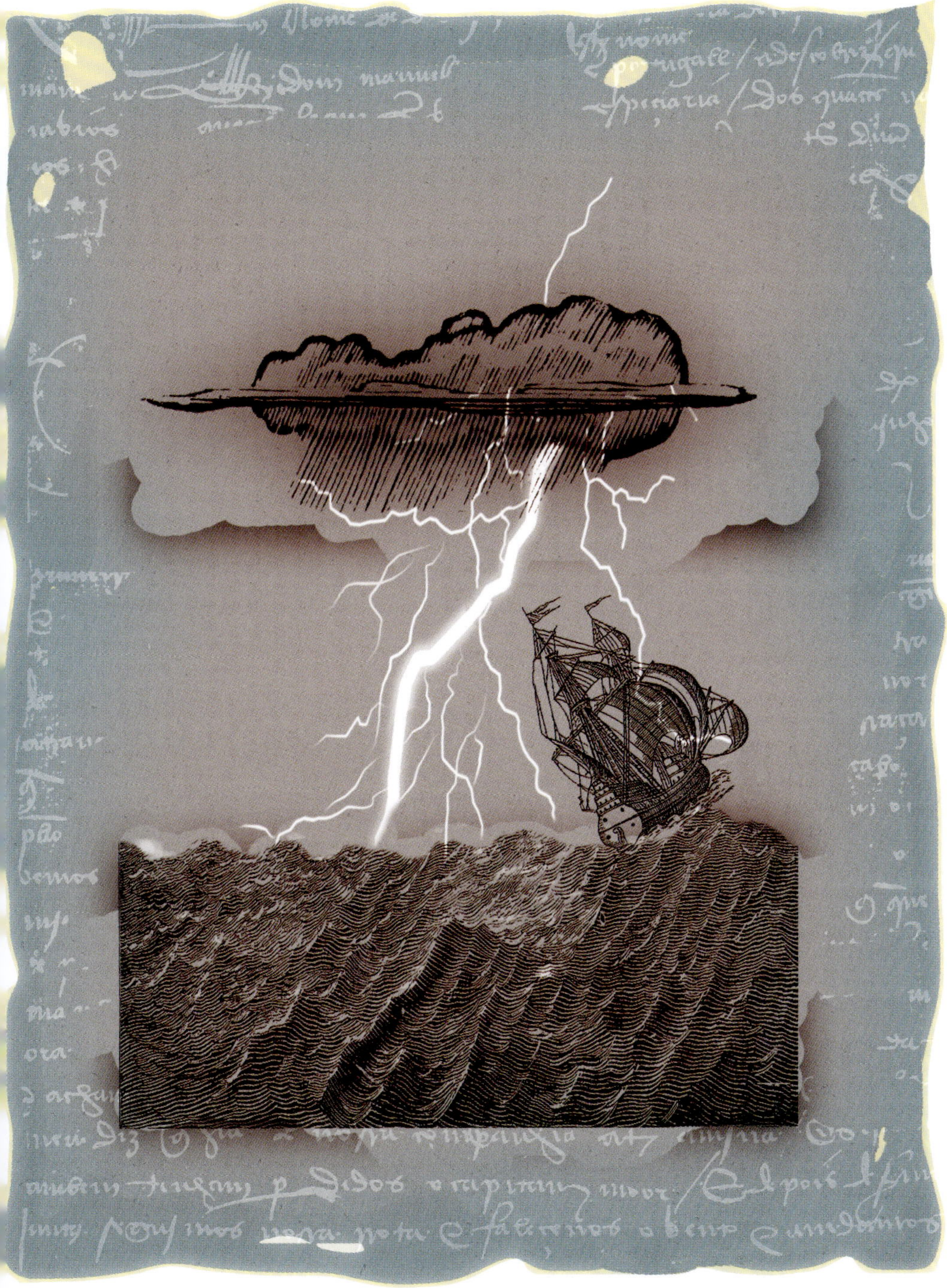

A manhã clara já surgia nas colinas quando os marinheiros avistaram pela proa terra firme.

O piloto melindano disse alegremente:

— Terra é de Calecute, se não me engano.
Esta é, por certo, a terra que buscais
Da verdadeira Índia, que aparece.

Vasco da Gama, feliz ao ver que alcança a terra desejada, reza.

Os joelhos no chão, as mão ao céu
A mercê grande a Deus agradeceu.

O navegador tinha razão para dar graças a Deus: havia encontrado a terra pela qual tanto sofrera, livrando-se da morte que o mar lhe preparara.

Por isso Camões nos diz que só os que enfrentam perigos, trabalhos e temores poderão alcançar a verdadeira glória imortal.

Eis os portugueses aportando na barra de Calecute. Nosso poeta épico utiliza seus versos para elogiar o espírito de cruzada:

Que vós, por muito poucos que sejais,
Muito façais na santa Cristandade.
Que tanto, ó Cristo, exaltas a humildade!

Mas, depois de falar de outros povos que não provaram sua cristandade, lembra aos portugueses que a Sepultura de Cristo está em poder dos turcos e acaba por chamar a atenção para a riqueza da Ásia Menor e da África. A África esconde em si "luzentes veias". Atente a esta expressão: o sangue corre em nossas veias, assim como desliza o ouro nas entranhas da terra!

Camões começa por enaltecer o espírito de cruzada, mas também não esquece os interesses comerciais:

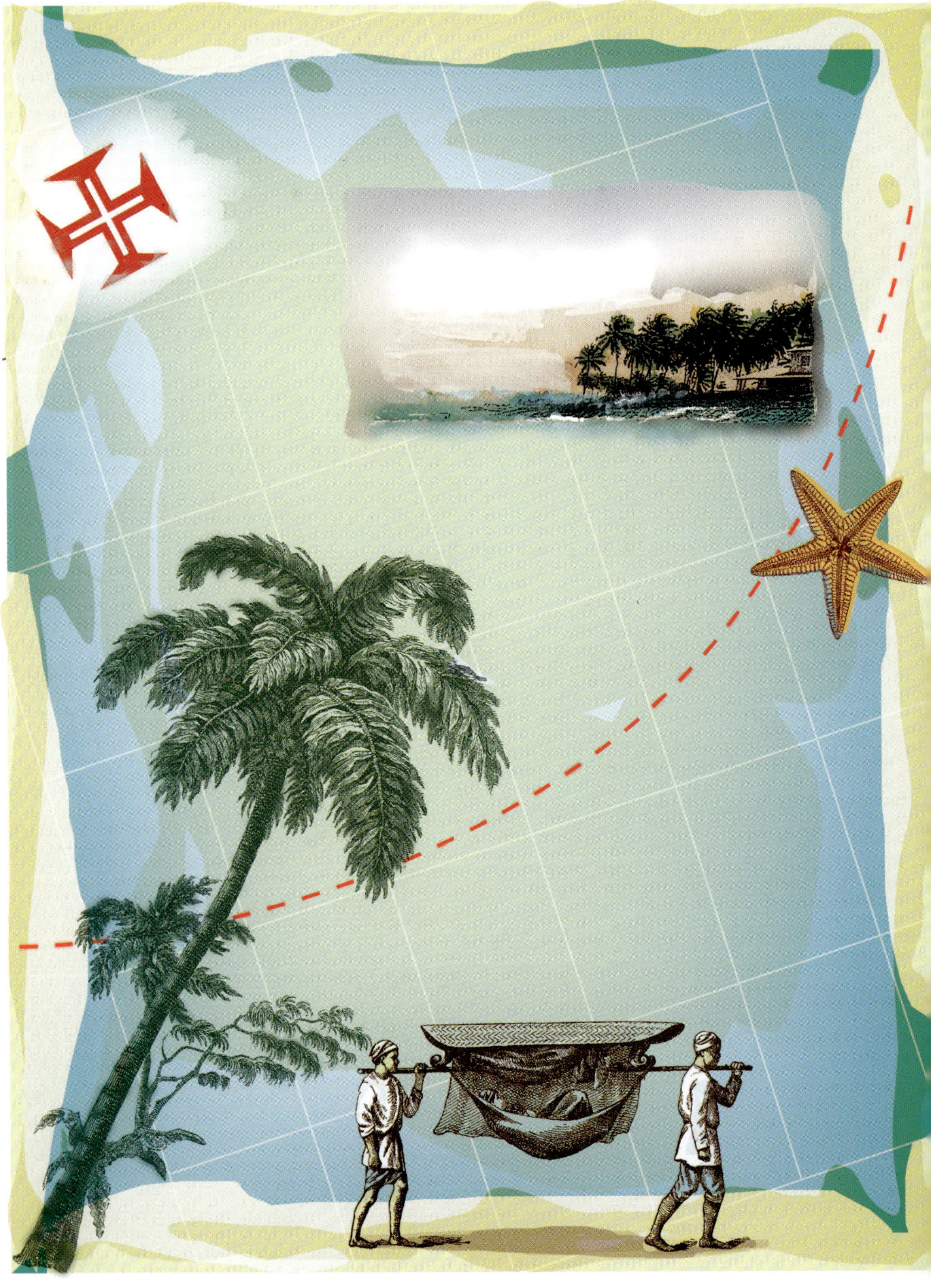

> *Mova-vos já, sequer, riqueza tanta,*
> *Pois mover-vos não pode a Casa Santa.*

A Casa Santa eram os santos lugares por onde Cristo passou. Retomemos, seguindo o poema, a viagem de Gama:

> *E vejamos, entanto, que acontece*
> *Àqueles tão famosos navegantes,*
> *Depois que a branda Vênus enfraquece*
> *O furor vão dos ventos repugnantes.*
> [...]
> *Tanto que à nova terra se chegaram,*
> *Leves embarcações de pescadores*
> *Acharam, que o caminho lhe mostraram*
> *De Calecute, onde eram moradores.*
> *Para lá logo as proas se inclinaram,*
> *Porque esta era a cidade, das melhores*
> *Do Malabar, melhor, onde vivia*
> *O Rei que a terra toda possuía.*

Em seguida, Camões faz uma descrição da Índia (geografia, habitantes e reinos), mencionando os dois rios que a limitam. São o Ganges e o Indo, que em sonhos aparecem a D. Manuel I. Você ainda se lembra?

Mais uma vez, vamos assistir à reação de surpresa de dois povos distantes e desconhecidos que se encontram pela primeira vez.

Muita gente aparece para receber o mensageiro português, estranhando suas maneiras e seu traje. Aí aparece um mouro, de nome Monçaide, que nascera em Tânger, e por isso sabia a língua espanhola.

Vendo o mensageiro português, o mouro lhe pergunta:

– Quem o trouxe de sua pátria lusitana?

Monçaide fica muito satisfeito por encontrar gente vizinha em terra estranha, visto que Portugal fica perto de Tânger. Os portugueses também podem contar com um amigo, que vai lhes servir de intérprete junto de um povo que não entende a língua portuguesa.

Monçaide visita a frota amiga, dando informações ao capitão sobre as riquezas da Índia, sua história, a diversidade do seu povo, sua religião e suas cidades:

Assim contava o mouro; mas vagando
Andava fama já, pela cidade,
Da vinda desta gente estranha, quando
O Rei saber mandava da verdade.

Vasco da Gama desembarca e é esperado na praia por um regedor do Reino, conhecido como catual, que vem rodeado de nobres guerreiros, chamados na Índia de naires.

Dessa vez não será preciso Vênus defender os portugueses. O catual manda levar o capitão a uma cama portátil, um palanque, aos ombros de homens.

Como você pode ver, Vasco da Gama é tratado com deferência e o catual é sincero nessa recepção. Eles vão falando e Monçaide atua como intérprete.

Percorrem a cidade e o que mais encantam os cristãos são os deuses esculpidos em forma humana num templo suntuoso.

As ruas da cidade se enchem de curiosos que desejam ver a gente portuguesa:

Estão pelos telhados e janelas
Velhos e moços, donas e donzelas.

Os portugueses notam que os nobres edificam as casas por entre os arvoredos, como diz Camões:

Assim vivem os Reis daquela gente,
No campo e na cidade juntamente.

Seria muito propor a você que fizesse outro desenho? Como ignoro a sua resposta, dou-lhe as indicações assim mesmo.

Vasco da Gama e o catual se aproximam do samorim, título do rei de Calecute. Este está recostado a uma pequena cama, cercado por um pano de ouro e a cabeça adornada com pedras preciosas.

Junto dele, um velho de joelhos lhe dava, de vez em quando, folhas verdes de bétele, que era uma planta aromática que então se mascava. (Assim como você faz hoje com o chiclete!)

Vasco da Gama sentou-se junto ao rico leito do samorim.

Está pronto o seu desenho? Então comece a pintá-lo como quiser.

O que vai acontecer em seguida? Você já deve imaginar: Vasco da Gama exprime o desejo do rei D. Manuel I de fazer um pacto de amizade e aliança.

Quando se faz um pacto, há sempre que dar e receber: aos portugueses interessavam as possibilidades de comércio; em troca, prometiam auxílio militar.

O samorim não se decide logo, porque só toma resoluções com o seu Conselho. Também quer ter informações dessa "gente nova" que chega à sua terra, com a ajuda de Monçaide, que o aconselha a visitar a frota portuguesa a fim de melhor compreender a cultura lusa.

Paulo da Gama vai receber Monçaide e o catual e logo este se admira com as bandeiras de seda onde cenas guerreiras estão pintadas.

Paulo da Gama, como gentil dono da casa, ou seja, da nau, oferece de beber aos visitantes.

Depois descreve ao catual as figuras das bandeiras através da interpretação de Monçaide, pois o irmão de nosso capitão tampouco sabia a língua árabe.

A primeira figura é a de Luso, que, segundo as descrições fabulosas, teria dado origem ao nome Lusitânia.

Dizia-se que era filho e companheiro de Baco, com o qual tinha conquistado diversas terras. Traz na mão uma vara enfeitada com ramos de videira e folhas de hera.

Logo em seguida, fala do grego Ulisses, que, segundo a lenda, teria fundado Lisboa. É por isso que os habitantes da capital portuguesa são também chamados de olisiponenses. Você sabia?

Paulo da Gama vai mencionando outros: o pastor Viriato, mais hábil na lança do que no cajado; o romano Sertório, exilado de sua pátria, que combateu ao lado dos portugueses; D. Afonso Henriques, que tomou Portugal dos mouros; Egas Moniz, "forte velho, para leais vassalos claro espelho"; D. Fuas Roupinho "levando a glória da primeira e marítima vitória".

Paulo da Gama segue enumerando outros e mais outros, explicando a vida e os feitos desses heróis, que a história de Portugal já nos ensinou e ensinará.

São figuras da vida religiosa; companheiros de batalha de D. Afonso Henriques; jovens cavaleiros medievais, célebres em justas e torneios; partidários de D. João I; e ainda os infantes D. Pedro e D. Henrique.

O visitante escuta e admira o que lhe é mostrado nas bandeiras:

Assim está declarando os grandes feitos
O Gama, que ali mostra a vária tinta
Que a douta mãe tão claros, tão perfeitos,
Do singular artífice ali pinta.
Os olhos tinha prontos e direitos
O Catual na história bem distinta;
Mil vezes perguntava e mil ouvia
As gostosas batalhas que ali via.

Harmoniosamente se estabelecem as relações dos portugueses com os senhores da Índia.

Mas... (já adivinhou?) Baco está inquieto e vai entrar em ação.

Aparece em sonhos a um sacerdote maometano, colocando-o contra os portugueses. Este reúne outros sacerdotes e os principais senhores da terra, dizendo-lhes que os portugueses "vivem só de piráticas rapinas, sem rei, sem leis humanas ou divinas". Entretanto, Vasco da Gama não pretendia mais do que levar para seu rei um sinal evidente do mundo descoberto.

Mais tarde – Vasco da Gama tinha certeza –, D. Manuel I enviaria armas, naus e gente com que dominaria aquelas terras e aqueles mares.

Por causa das intrigas de Baco, as negociações começam a se complicar. O samorim duvida dos portugueses:

O grande Capitão chamar mandava,
A quem chegado disse: – Se quiseres
Confessar-me a verdade limpa e nua,
Perdão alcançarás da culpa tua.
Eu sou bem informado que a embaixada
Que de teu rei me deste, que é fingida;
Porque nem tu tens Rei, nem pátria amada,
Mas vagabundo vais passando a vida.

Vagabundo desterrado, pirata – assim pensa o samorim de um homem tão digno e sério como Vasco da Gama!

Claro que este se defendeu de tão injustas acusações.

Valeria a pena vir de tão longe, sofrer tantos tormentos para, como desterrado, encontrar abrigo num país tão distante, ou, como pirata, roubar, quando afinal poderia fazê-lo mais perto de sua pátria?!

Além disso, o samorim não apreciara os presentes do capitão português? E este não havia lhe prometido que, chegando a Portugal, enviaria presentes mais valiosos?

Outros argumentos expõe o capitão português: há muito tempo que os antigos reis se propuseram sofrer os perigos necessários para vencer nos grandes empreendimentos; pretenderam saber qual o limite dos mares e suas derradeiras praias. E, para terminar, lembra a história das proezas náuticas dos portugueses, que, no tempo do infante D. Henrique, encontraram as ilhas e as terras do hemisfério austral.

Então, Vasco da Gama diz:

A ti chegamos, de quem só queremos
Sinal que ao nosso Rei de ti levemos.

O samorim vai se convencer com tais palavras de Vasco da Gama? Sobretudo, poderá movê-lo a cobiça do proveito que o contrato com o rei português lhe proporciona. Então diz a Vasco da Gama que vá às naus e "possa a terra mandar qualquer fazenda, que pela especiaria troque e venda".

Mas o catual não se esqueceu do que lhe dissera Baco acerca dos portugueses, naquele sonho em que, transformado no profeta Maomé, apareceu a um sacerdote.

Assim, Vasco da Gama pede-lhe uma embarcação que o leve às naus, e o catual tudo faz para adiar a partida do capitão. Chega até ao ponto de prendê-lo!

Pensava dominar Vasco da Gama e convencê-lo a mandar recado às naus para que se aproximassem mais da terra...

Você já está percebendo a traição: uma vez mais próximas, mais fácil seria destruí-las.

Enganou-se o catual: nosso capitão prefere morrer no cativeiro a dar tal ordem.

O catual, entretanto, começa a recear que o samorim, seu senhor, saiba de suas artimanhas e o castigue. Por isso liberta Vasco da Gama, a troco da fazenda que havia a bordo. Assim o capitão compra a liberdade!

Agora, pense um pouco nos versos que vou transcrever para você – lição para os momentos sérios da vida:

Veja agora o juízo curioso
Quanto no rico, assim como no pobre,

Pode o vil interesse e sede inimiga
Do dinheiro, que a tudo nos obriga.

Camões assinala depois outros exemplos: o dinheiro rende fortalezas, faz traidores, torna falsos os amigos, cega as consciências, faz e desfaz leis, enfim, corrompe a verdade.

Ouça a lição do poeta que tão duramente sofreu o poder do dinheiro. Querida criança, no início da vida, não despreze os valores espirituais.

Mas não acabaram ainda as peripécias dos portugueses em Calecute. Vieram para a cidade dois feitores para vender a fazenda:

Que os Infiéis, por manha e falsidade,
Fazem que não lha comprem mercadores;
Que todo o seu propósito e vontade
Era deter ali os descobridores

*Da Índia tanto tempo que viessem
De Meca as naus, que as suas desfizessem.*

Certamente terei que explicar a você que as naus de Meca eram muçulmanas e, portanto, inimigas dos portugueses.

Você ainda se lembra daquele Monçaide nascido em Tânger que tanto se alegrara com a chegada dos portugueses? Não desapareceu! Você vai ver como é bom ter amigos que não se vendem...

Monçaide prova sua amizade com os portugueses avisando-os que virão naus de Meca para combatê-los.

Vasco da Gama não era cruel, mas dessa vez teve que usar a força.

Em terra estavam presos os feitores portugueses. Gama pratica represálias, retendo a bordo dois mercadores mouros que estavam vendendo pedrarias.

A ausência desses mercadores em Calecute força o samorim a libertar logo os feitores com toda a sua fazenda.

Finalmente os navegadores portugueses vão regressar com a missão cumprida: notícias da terra longínqua e amostras de suas especiarias, que, mais tarde, vão transformar Lisboa na princesa das cidades comerciais da Europa.

Estamos chegando ao fim do poema épico de Camões. Bem mereciam agora os portugueses alguns momentos de descanso e deleite.

A boa amiga deusa Vênus, na fantasia do poeta, tudo resolve: estava esperando os navegadores numa ilha, acompanhada das Ninfas.

Como num sonho, os navegantes avistaram ao longe a ilha fresca e bela.

Embora a cena que vou contar seja imaginação do poeta, hoje está provada a existência de uma ilha, chamada Bombaim, que no século XVI era conhecida por ilha da Boa Vida. A sua descrição e localização correspondem à ilha de Vênus.

Uma ilha não se desloca, você bem o sabe. No entanto, Camões nos dá esta extraordinária imagem:

Vênus empurra-a, singrando as ondas, e torna-a firme e imóvel ao notar que ela está perante os olhos dos navegadores.

Não foi por acaso que lhe chamaram ilha da Boa Vida. De longe, avistam-se três formosos montes de viçoso verdor, de onde brota, entre seixos lavados, a água rumorejante de límpidas fontes que se juntam num vale ameno.

Nesse vale, cresciam as mais variadas árvores: laranjeiras, cidreiras, loureiros, cerejeiras, amoreiras, romãzeiras e pereiras.

Descreve Camões que o rústico terreno parece uma tapeçaria bela e fina, que rivaliza com os tapetes da Pérsia.

Água, hortaliças, árvores. Ainda não é tudo! É que também não faltam as flores em todo o seu esplendor e variedade: violetas, lírios, rosas, açucenas, esporas.

A transparência das águas, o colorido e o aroma das frutas e das flores, os pássaros cantando nos ramos das árvores – quantas cores você não terá de utilizar, se quiser fazer um desenho dessa ilha da Boa Vida!

Mas, se os portugueses singravam mares desconhecidos, quem poderia desfrutar dessa ilha perdida no meio das ondas?

Boa vida lá passavam os animais: os lentos cisnes deslizando nas águas, as lebres saltando na espessura das matas, as tímidas gazelas com seus leves passos.

Vênus e as Nereidas não se contentavam com os dons naturais proporcionados pela ilha aos visitantes. Recebem os navegadores ao som de instrumentos musicais que talvez você nunca tenha ouvido: cítaras, harpas, flautas, de som harmonioso e suave.

Você gosta mais, eu sei, dos sons estridentes e agitados das guitarras, como é a própria vida no século XXI.

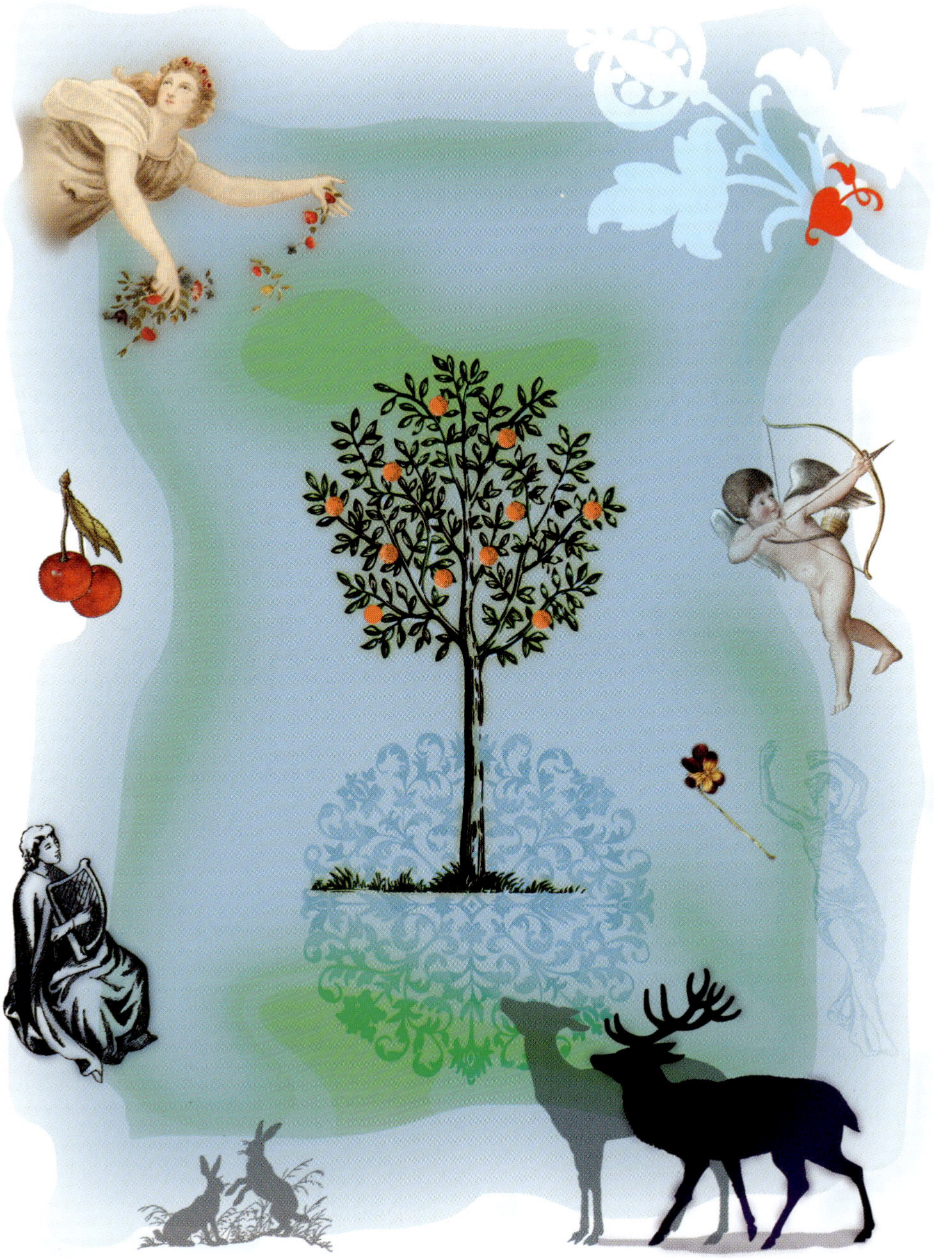

Mas, naquela ilha, no século xv, outra música não era de se esperar!

Nunca, no poema, os homens se encontram diretamente com os deuses. Eles aparecem em sonhos ou disfarçados de seres humanos. Mas, no canto ix, Camões dá asas à imaginação: deusas e navegadores confraternizam.

Os portugueses vão regressar à pátria reconfortados com um banquete, ao pôr do sol, onde não faltaram iguarias saborosas e os melhores vinhos.

No final do banquete, uma das ninfas, Tétis, descreve os futuros feitos dos portugueses:

Cantava a bela Deusa que viriam
Do Tejo, pelo mar que o Gama abrira,
Armadas que as ribeiras venceriam
Por onde o Oceano Índico suspira.

Depois fala aos portugueses dos que virão a ser grandes vice-reis da Índia, dos seus feitos, das fortalezas que serão edificadas e das lutas e mortes que há de custar o Império do Oriente.

Assim cantava a ninfa, que termina com estas palavras:

Não vos hão de faltar, gente famosa,
Honra, valor e fama gloriosa.

Antes de abandonarem a ilha, os portugueses ainda recebem mais um convite: seguir Tétis até um grande monte, do alto do qual se avista um Universo em miniatura. Aí a ninfa explica "a grande máquina do Mundo".

Outra finalidade tinha Tétis: apontar no Universo os lugares onde os portugueses irão praticar feitos heróicos. E, quando assinala a região da costa do Camboja, recorda Camões:

Este receberá, plácido e brando,
No seu regaço os Cantos que molhados
Vêm do naufrágio triste e miserando.

Foi nesse naufrágio que Camões salvou a nado o seu poema – diz a lenda.

Finalmente, Tétis se despede dos portugueses. Em suas naus embarcam. É tempo de partir:

Assim foram cortando o mar sereno,
Com vento sempre manso e nunca irado,
Até que houveram vista do terreno
Em que nasceram, sempre desejado.
Entraram pela foz do Tejo ameno,
E à sua pátria e Rei temido e amado
O prêmio e glória dão por que mandou,
E com títulos novos se ilustrou.

No início de Os Lusíadas, Camões dedica seu poema épico ao jovem rei D. Sebastião; ao final, termina-o dirigindo-se a ele novamente.

Já então os portugueses se corrompem levados pela cobiça das riquezas.

O poeta lastima-se, porque a gente endurecida canta seus versos.

Novo pretexto tem para exortar D. Sebastião:

Não se aprende, Senhor, na fantasia,
Sonhando, imaginando ou estudando,
Senão vendo, tratando e pelejando.

Camões reconhece que, para servir o Rei, deu seus braços às armas. Para contá-lo, deu o espírito às Musas. Só lhe falta que o Rei aceite agora seus préstimos literários e reconheça seu merecimento como poeta.

ॐ

Para terminar, faço votos de que esta breve apresentação de *Os Lusíadas* tenha lhe interessado e possa despertar em você o desejo de conhecer melhor a literatura portuguesa, assim como a história e a ciência desse povo, já que literatura, história e ciência não se podem separar, formando, no seu conjunto, aquilo que se chama Cultura. É para a Cultura que eu gostaria de encaminhá-lo livremente, despertando em você a vontade de conhecer, de compreender e de descobrir.

Quem escreveu e quem desenhou

Leonoreta Leitão

Licenciada em filologia clássica, Leonoreta Leitão, no percurso de suas atividades como professora do ciclo preparatório e do ensino secundário, cedo se interessou pela literatura infanto-juvenil. Preparou o programa de literatura para crianças e jovens na Escola de Formação de Educadores Paulo VI e ocupou a cadeira de literatura para crianças na Escola Superior de Educação Almeida Garrett. Autora de vários manuais escolares e criadora de clubes de leitura, colaborou na revista *Colóquio Letras* e no *Dicionário no feminino*, neste ficando responsável pelas entradas relativas aos escritores de literatura infanto-juvenil. Membro da seção portuguesa do International Board on Books for Young

People (IBBY) desde 1972, Leonoreta Leitão não conseguiu ficar imune ao universo da televisão: além de participar do programa *Uma história ao fim do dia*, produziu e apresentou os doze episódios de *A grande aventura*.

José Fragateiro

Quando era pequeno, José Fragateiro adorava livros de receitas médicas, porque aproveitava as folhas do verso em branco para fazer desenhos. Desenhava na rua, no chão de terra molhada, na areia, nas paredes e em tudo o que fosse uma superfície lisa. Mais tarde, foi estudar na Escola Secundária António Arroio, onde freqüentou o curso de Artes do Fogo (cerâmica). Deu continuidade aos estudos de cenografia no Conservatório de Lisboa. Trabalhou como ilustrador para várias revistas e jornais. Nas horas vagas, anda de bicicleta e faz jardinagem. Ficou muito contente por este ser seu primeiro trabalho em livro para crianças.

1ª EDIÇÃO Julho de 2008 | DIAGRAMAÇÃO Thais Miyabe Ueda
FONTE Trump Mediaeval | PAPEL Couché 150g/m²
IMPRESSÃO E ACABAMENTO Yangraf Gráfica e Editora Ltda.